魂が震える話

タイトルロゴデザイン／株式会社ラプト

魂が震える話

人がひとを想うということ

ゆう けい

プロローグ

「オギャー　オギャー」

今から〇年前
あなたは生まれました。
お母さんは、お腹を痛め、
大変な思いをしながらあなたを産んでくださいました。

お父さんは、目に涙を浮かべてあなたの誕生を喜びました。

なかなか寝付けないあなたに寄り添い、
何度も眠れない夜を過ごしました。

あなたが何度も何度も挑戦しながら歩けるようになったとき、
満面の笑みで拍手をしました。

それまでに、あなたの名前を何千回と呼んだことでしょう。

あなたが悩み苦しむときには、
同じように苦しみました。

あなたが笑顔でいるとき、
この上なく幸せな気持ちになりました。

あなたにいわれた「ありがとう」は宝石のように輝いて、
いつまでも心に残っていることでしょう。

あなたの幸せを誰よりも願い、
祈りました。

ご両親はあなたのことをとっても大切に想っている人です。

人がひとを想うということ。

この本に集められたのは、誰かが誰かを想う話。
実話をうかがって仕上げたストーリーです。

ひとの温かさに触れ、

優しさを知り、

愛に気づき、
『何か』を感じていただけたらと思います。

もし、この本を読んで「感動した」なら、うれしく思います。

そして、感動が広って、
『温かさ』や『優しさ』『愛』が一つでも増えることを願っています。

もくじ

忘れられないクリスマス

22歳で結婚した俺は
嫁さんに幸せになってもらおうと、必死に働いた。

子供も二人生まれて、俺はますます頑張った。
その甲斐あって、28歳で独立し、自分の会社をもつことができた。

33歳になった頃、普通よりはいい暮らしができていたと思う。
嫁さんも子供も喜んでくれた。
だから、俺はもっともっと一生懸命働いて、会社を大きくすることを考えた。

しかし、そのツケは、俺の身体に降りかかった。

35歳の時にガンが見つかり、闘病生活が始まった。
と同時に、会社の経営も傾いていった。

37歳のとき、もう俺は死のうと思った。

こんな身体で
こんな貧乏で
でも何もできない自分が悔しくて。
身のまわりを少し整理して、年が明けたら死のう、って。
そんなことを考えていた年の瀬に
嫁さんと子供がクリスマス・パーティーを開いてくれた。
貧乏だから、ケーキの代わりにドラ焼きで
その上にローソク立てて

小さいチキンもあって
シャンパンの代わりにコーラで
「メリークリスマス」って言っていた。

子供たちが楽しそうにはしゃいでいる姿を見たら、なんだか泣けてきた。

俺がいなくても元気でやれよ。
そう心の中で思っていた。
あと何回もこうやって遊べないから、おもいっきり遊んであげた。

子供たちが寝静まったあと、思いもしないことが起きた。
嫁さんにこう言われたんだ。

「あなたがどう思っているか知らないけど
私は今が一番幸せよ」

その言葉を聞いて、真っ暗に見えた世界に光が差し
「ありがとう、ありがとう、ありがとう……」
何度も言いながら、その場で泣き崩れた。

二度と死のうなんて思わないと決めた。
病気も経営も、闘ってからだと。

あれから5年。
ガンはどこかへ消えてしまい、会社も順調。

「今年のクリスマスは何をプレゼントしようか」と
悩めることも幸せなんだ。

書き写したメール

早く帰りたい。

今から7年前。
街を歩く人たちが少し浮き足立って見え、
イルミネーションが少しだけ寒さを忘れさせてくれる季節。
毎日、毎日、早く帰りたかった。

でも、仕事が終わらない……。

ほとんど毎日残業で、深夜0時をまわることもあった。
そんな中、唯一励みになったのが、

同棲していた彼女からのメール。

「遅くまでご苦労様。身体に気をつけてね」
「今日も一人で残業かな？　寂しくなったらいつでも電話してね」
「こんなに遅くまで凄いよ。私も起きて待っているね」

彼女からのメールのおかげで
何とかその日その日を乗り越えることができた。

彼女は一度も文句を言わなかった。
何かあってもすぐ謝るから、ケンカにもならなかった。
そんな彼女が大好きだった。

年が明け、２月のはじめ、突然「別れたい」と言われ、
何が何だかわからないまま別れることになった。

すべての荷物を運び出し、部屋を出て行く彼女を
僕は見送ることができなかった。

彼女のすすり泣く声と
震える声で言った「じゃあね」が悲しすぎて
下を向いたまま手を振って別れた。

その年の冬は特に寒かった。

春が来て、夏が過ぎ、秋を迎えた頃、連絡が来た。
彼女が亡くなったと、彼女のお兄さんが教えてくれた。

信じられなかった。
彼女は病気と闘っていたのだという。

僕は電池が切れたように、その場に崩れ落ちた。

「なんでもっと早く帰ってあげなかったんだよ！」

「なんで別れるときに、しっかり理由を聞かなかったんだよ！」

「なんで内緒にされるような付き合いをしちゃったんだよ！」

自分を責めている僕を見て、お兄さんが渡してくれたのは
少しボロくなったノート。

中は、僕が送ったメールの書き写しだった。

亡くなる前、力が入らない手で一生懸命書いたのだろう。

細く、きれいとは言えない字で書かれていた。

12／2　遅くなってごめんね。今日こそは早く帰ろうと
頑張っていたんだけど、結局この時間だよ（汗）
もっと仕事ができる人間になるぞ！

12／5　約束していた映画、また今度行こうね。
今日も遅くなっちゃってごめんなさい。
埋め合わせは必ずします。

12／9　イルミネーションの時間、終わっちゃったね（汗）
今年中に必ず連れて行くから！　ごめんね。

12／10　……

最後のページにこう書かれていた。

「彼のおかげで、私は幸せに人生を終えることができます。
彼のおかげで、初めて人にやさしく生きることができました。
彼が必ず謝ってくれたから、私も素直に謝れました。
仕事をしていても、いつも気にかけてくれていたから寂しくありませんでした。
ここにある彼からのメールは、私の宝物。
どこにも行けなかったけど、幸せでした。
神様、生まれ変わっても彼と出会わせてください」

読み終わり、声を出して泣き崩れた。

さまざまな思い出が頭に浮かんだけれど、
すべて、彼女は笑顔だった。

成人式の出来事

成人式の日。
それは美容室にとって、大いに気合いが入る日。

その年も、僕はリポD飲んで気合いを入れ、
午前2時からお客様を迎え入れ、
手を休めることなく仕事をしました。

ようやくその日最後のお客さんとなり、成人式ヘアをつくっていると
ものすごく視線を感じました。

チラッと目をやると、その子のお母様が、じ～っと見ているのです。

娘さんのヘアスタイルの出来をチェックしているのかな〜と思い
「よかったら隣で見てください。
もう落ち着いたので、こちらに座っても大丈夫です。
近くの方がよく見えますよ♪」
と言い、娘さんの隣に座ってもらいました。

しばらくすると、鼻をすする音が聞こえてきました。
気をつかいながら、音の方を見ると
今度は涙をポロポロと流しているではありませんか。

なんて言葉をかけていいのかわからなかったけれど、言いました。
「本当におめでとうございます。
ここまで育てるのに、大変なご苦労があったことをお察しします」

そして娘さんに

「○○ちゃん、
これからもお母さんの言うことをちゃんと聞くんだよ！
そして、これからは○○ちゃんが返す番だからね」
言い終わると、お母さんの嗚咽がお店に響きました。

まずいことを言ってしまったかな？
と心配しながらも、ヘアと着付けが終了。
その親子は帰っていきました。

数日後、娘さんが一人でお店にやってきました。
成人式の時のお礼にと、菓子折りをもってきて、話してくれました。

じつはお母さま、5年前に余命宣告されていて、
医者に言われたのが、もってあと2年。
娘さんが15歳のときの話だそうで、

17歳の頃には旅立っている計算です。


お母さんは、口ぐせのように言っていたそうです。

「あんたが成人するまでは生きていたい！

成人式で着物姿が見られたら、他には何もいらない！

それまでは何としてでも生きたい！」


必死の闘病生活だったそうです。

「だから泣いていたんですね。念願の着物姿が見られて」

と僕が言うと、娘さんが言いました。

「それもそうなんですが、もうひとつ理由がありまして」


「どうしたの？」

「じつは私、口うるさく注意してくる母が嫌いで、高校卒業後、すぐに就職して引っ越したんです。
それからはほとんど連絡もとらず、好き勝手やっていました。
だから本当は成人式も出ないつもりでした」

「じゃあ、何で成人式に出たの？」

「20歳の誕生日のとき、母から手紙が来たんです。
その手紙には〝ありがとう〟って書かれていました。
2年間、病気で大変な母をほったらかし、
ほとんど連絡もとらない私に対して母は
〝もうそろそろお迎えがくるかもしれないそうです。
だから最後に言っておきたくて。
私のもとへ生まれてきてくれてありがとう。
会えなくても、私は毎日あなたを思っていて幸せでした〟って。
私は自分が情けなくなって、すぐに電話をしました。

〝成人式の準備しておいてよね！　それまで死んじゃダメだよ〟

泣きながら話していました」

「お母さん素敵だね。大切にしなよっ！」

そう言った僕も泣いていました。

シャイな親父

僕の親父はシャイなんです。

僕が小学生の頃、運動会や父親参観日には絶対に来てくれましたが、
後ろの方でひかえめに見ていました。

中学生や高校生の頃、僕は部活でボクシングをやっていて、
試合があると、
「観に行くよ」なんて言わないけれど、
必ず会場のすみっこにいました。
そして、声もかけず、僕に気付かれないように帰っていきました。

でも僕は知っていたんです。
見てくれていたことを。

ボクシングって殴り合いだから、
心配してくれていたんでしょうね。

そんな親父は今、ガンになり、自宅で療養しています。
もう半年ももたないそうです。
脳にまで転移してしまい、歩くと脳にあまり良くないということでほとんど寝たきり状態です。

親父が生きているうちに……と
自分の結婚式の準備を進めてきました。

――――

残念ながら、当日、親父は留守番です。
ビデオメッセージをもらっておいて、会場で映す段取りでした。

晴れの日、式も終盤にさしかかり、
親父のビデオメッセージを映すところで、信じられない光景が。
なんと、
会場のすみに、車椅子の親父がいるではありませんか！

涙がこぼれ落ちました。
身体がつらいはずなのに……。
ビデオメッセージを観ながら、涙が止まりませんでした。

その後、マイクを受け取って
親父に「今までありがとう」と感謝の気持ちを伝えると、
シャイな親父は、僕と妻に一礼しただけで帰っていきました。

この歳になってやっと親父の行動の意味がわかるようになりました。
まさに「親」という漢字の通り
「木の上に立って見る」
いつもこっそり見守ってくれていたんだ。
親父、本当にありがとう。
長生きしてくれよ。

緊張する性格

私は小学生の頃から本が好きで、昼休みも図書室で本を読んでいました。
中学、高校と進むにつれ、ますます本を読む時間が増え、
本を読まないクラスメイトが幼稚に見えました。
世間の大人たちや自分の親さえ、同じように見下していました。

自分が大学に行かずに就職しなければならないのも、
本を読んで勉強してこなかった親のせいだから。

父に「大学に行きたい」と相談したとき
「そんなお金はない」と言われました。
カチンときた私は言ってしまいました。

「お父さんがもっと勉強して、いい大学に入って出世していれば
　私は大学に行けるのに！」
父は何も言い返しませんでした。

結局、高校を卒業して、地元のちょっと大きい本屋に就職。
好きなことを仕事にできるので、少し楽しみでもありました。

しかし、半年ほど働いて、退職せざるを得なくなりました。
私は人前で極度に緊張する性格なため、お客さまの前では顔が真っ赤になり
必要最低限の言葉も言えなくなってしまうのです。
上司には何度も何度も注意されました。

しだいに、上司に見られていると思うだけで
過呼吸が起きるようになりました。
それからは主に裏方の仕事をするようになったものの

迷惑をかけているのではないかと思い、自ら退職届を出しました。

2〜3カ月休養し、
今度はあまり人とかかわらない職場を……と工場に就職。
しかし、そこでも人間関係で苦しんで、1カ月で退職。

その次は派遣の事務職ですが、
やっぱり人と話すのが苦手で、同僚とギクシャクしてしまい
2カ月も経たないうちに辞めました。

しばらく家で引きこもりのような生活をしていましたが、
両親は責めるわけでもなく、何も言わずにいつも通り過ごしていました。

半年ほど経った頃、
「このままではいけない！」と感じ、

おもいきって接客業に就いて、苦手なことを克服しようと考えました。
コンビニです。

近所のコンビニだと恥ずかしいので、
2駅離れたところにある店でアルバイトを始めました。
が、案の定、顔が真っ赤になり、上手く接客ができません。
それでもなんとか、決められた挨拶とお金の受け渡しは
一生懸命やっていました。

ある日、店長からバックヤードに来るように言われました。

また怒られる。
直感でそう思い、呼吸が苦しくなり始めました。

しかし、店長は私を笑顔で迎えてくれて、言ったのです。

「いい表情をしているね。とてもいい。
うまく伝えられなくても、うまくしゃべれなくても、
気持ちがあればいいから。あせらなくていいから。
一生懸命さは伝わっているから、このままでいいよ」

すべて理解してくれていた。
私は涙が溢れてきました。

しばらく泣いてスッキリしたのか、自信をもてたのか、
あまり緊張しなくなり、
1カ月後には、仕事が楽しいと思えるようになりました。

ようやく気がつきました。
一生懸命働いて受け取ったバイト代が
いかにありがたく、尊いものか。

勇気を出して、お父さんに「いつも仕事、ありがとう」って言ったら、
ちょっと涙目になっていました。

後から聞いた話では、家にお金がないのは、
父の父親が残した借金を返していたのが理由だったようで、
父が大学に行かずに働いたのもきっとそういう理由なんだと……。
そんな親をバカにしていた自分が恥ずかしい。

父がお風呂に入っているすきに、
作業服の胸ポケットにメッセージカードを入れました。
「お父さん、あの時はごめんね。やっとお父さんの偉大さがわかった。
今度、私のおごりでご飯いこうよ。少しずつ、親孝行していきます」

赤ちゃん

子供がお腹に宿った。

ずっと待ち望んでいました。
男の子かな？　女の子かな？
夏に生まれる予定だから『夏』を名前に付けようかな。

そんなことを考えながら
毎日お腹の赤ちゃんに話しかけ
生まれてくるのを楽しみにしていました。

妊娠5カ月。しばらくぶりの検診に行くと

先生から「大変です！　もうひとりいます」と言われましたが
意味がわからず……。
「双子ちゃんです」と言われ、やっと理解しました。

私はずっと双子がほしいと思っていたので
とても嬉しく、主人と一緒に喜びました。

しばらくして急にお腹が痛くなり、病院にかけこみました。
すると「破水しています！　もう生まれます！」と。

突然のことで、驚いている暇もなく、そのまま緊急入院。
そして、出産。
生まれた赤ちゃんは９００グラムの小さな女の子がふたり。
『春菜』『夏凛《かりん》』と命名。

ＮＩＣＵ（新生児特定集中治療室）に入っているわが子。
小さな手で私の指をかすかに握ってくれる温もりが、
愛しくてたまりません。

小さく生まれたので、当然不安もありましたが
「この子たちは大丈夫」と自分に言い聞かせました。

生まれて２週間して、夏凛の容態が悪化。
夜中、付き添いながら、懸命に生きようとしている夏凛を
主人とふたり、見守り続けました。

午前４時。
先生と看護師さんたちが慌しくなります。

その後、うつむきながらこちらに近づいてくる先生を見た瞬間、

それだと察し、涙が溢れました。

夏凜は2週間で天使になってしまいました。

私は、ただ呆然として涙をこぼしました。


数時間後、春菜の容態も悪化し、そのまま息をひきとりました。


涙が枯れるまで泣きました。

寂しくて。悔しくて。悲しくて。かわいそうで……。

自分を責めました。自分の体を恨みました。

自分も死のうと思いました。


想いを、わめくように主人にぶつけました。

「せっかくできた子どもなのに。どうして?」

「ふたりを連れてお散歩に行きたかった」

「もっと声を聴きたかった」

「2週間しか生きられないなんて……」

「この娘たちは何のために生まれてきたの？」


主人は涙をこぼしながら、無言で聴いていました。


私は冷たくなったふたりをぎゅっと抱きしめ、何度も繰り返し言いました。

「春菜。夏凜。ごめんね。ごめんね。

丈夫に生んであげられなくて、ごめんね」


数時間が経って、主人が口を開きました。

「前に何かで聞いたけど〝人の命はすべてに意味がある〟って。

意味があって生まれ、そして死を迎えるらしい。

『ママと出会うために生まれてきたんだよ』

『ママと出会えてよかった。ありがとう、ママ』ってきっとふたりが言ってるよ。

なぁおまえ、ふたりを産んでくれてありがとうな」

主人の胸に顔をうずめると、大粒の涙がボロボロとこぼれ落ちました。

それから、私は、ふたりの分まで生きようって、

天国のふたりが喜んでくれるような人生にしようって、

幸せを感じて生きようって決めました。

生きるとは、生きているとは、奇跡だと知った。

愚痴も、不平も、不満も、喧嘩も……本当に幸せなことだって。

〝あたりまえ〟なんてない。

私はふたりが生きたいと願ったはずの〝今〟を生きている。

結婚式のスピーチ

お父さん、お母さん。
今日まで24年間、ありがとうございました。
今までたくさん心配をかけてきましたが、
今日、こうしてこんなにたくさんの皆様に祝福していただきながら
結婚式を挙げることができました。
お父さん。
今日はバージンロードを一緒に歩きましたね。
なんだか照れくさくて、恥ずかしかったけれど、

すごく嬉しかったです。
こんなふうにお父さんと腕を組んで歩いたのは何年ぶりでしょうか。

一緒に歩くことができ、
娘である私の結婚式を見せてあげることができて
本当に幸せです。

少しの間ストップしていた
お父さんとの大事な思い出が残せました。

お父さん、今日はありがとうございました。

事情により、私が7歳のころから
一緒に暮らせなくなってしまいましたね。

お父さんっ子だった私は、
毎週、お父さんの所に泊まりに行くのが
待ち遠しかったのを覚えています。

仕事の忙しい合間をぬって
動物園や遊園地、どんなに疲れていても
休日は必ず私の行きたいところに連れて行ってくれましたね。

毎年必ずスキー旅行にも連れて行ってくれましたね。
怖くてなかなかうまく滑れない私に、一日中付きっきりで。
お父さんは私のそばで、ゆっくりゆっくり滑ってくれましたね。

たとえ離れていても、そのときみたいに私の成長を
いつも寄り添って支えてくれたことに、今さらながら感謝しています。

怒られた記憶がないくらい、
いつも優しいお父さん。

優しくて、
楽しくて、
アクティブで。
とにかくお父さんが大好きでしょうがなかったです。

写真でしか見ることができなかった
わが子の学校行事の運動会や入学式、卒業式など、
人生の節目となる行事に一度も参加できなかった
当時のお父さんの気持ちを思うと、
とても言葉になりません。

だから今日、バージンロードでは

お父さんを主役にしたかったのです。

一生に一度、父と娘として共演できる結婚式という行事を
お父さんとすることができて本当に嬉しくて、幸せでたまりません。

離れていても心は家族。

いつ会いに行っても、変わらない愛情を示してくれるお父さんが
本当にありがたかったです。

いつも一緒にいられなくて寂しいと思っていたのは私だけはなく、
子供の日々の成長を目にすることができなかったお父さんの方が
遥かに辛かったのかもしれないですね。

今日、お父さんに私のたくさんの笑顔と幸せな顔を見せることが

一番の親孝行だと思って式に臨みました。
少しでもお父さんに伝わっているとすごく嬉しいです。

――

この後さらにお母様への感謝の言葉が続き、会場全体が号泣。
それを聴いていたお父様の嗚咽が響き渡りました。

今でも変わらず

仕事で方言講座を開いたときのお話です。

受講生は全員、作文を書いて、最終日に成果発表の舞台で
身に付けた方言のスピーチをすることになりました。

40代か50代と思われるある女性が書いた作文の内容は、
20年前に産み別れた娘に対するお詫びと深い愛情でした。
私は娘さんに発表の舞台を見てもらうべきだと考え、
さまざまな手段を試みて、彼女を探し出すことに成功しました。

スピーチ当日、舞台裏で娘さんに待ってもらい、

発表を聞いてもらいました。

始まる前から娘さんは号泣。
舞台スタッフも全員泣きながらの進行作業となりました。

お母さんは事情により引き取ることができなかったことを
申し訳ないと語り
「一時も忘れたことはない」と涙ながらに発表していました。
締めくくりに「今でも変わらず愛してるよ」と語った直後、
花束を持った娘さんが登場しました。

ステージ上で強く強く抱き合う親子の姿。
会場全体が涙に包まれました。

見守ってくれていますか？

あれは7年前、突然のことだった。

仕事の打ち合わせをしていた主人が目の前で倒れ、
救急車で病院に運ばれた。

病院での診断は「脳の中に膿みが溜まっている」だった。

「このままでは良くない」とのことで、脳の手術をした。
手術は6時間のはずが、なぜか10時間もかかっていた。
不安の中、手術室の待合室で待っている私のもとに先生が来て言った。
「悪いところは全部取りきれました」

ありがとうございましたと、ほっとする私に告げられたのは考えたこともない言葉だった。
「あと1年半の命です」

なぜ？　なぜ？
すべて悪いところは取りきれたはずなのに、なぜ？
考えがまとまらず、私は呆然としてしまった。

「末期の脳腫瘍」とのことだった。

夫の治療が始まった。
子供三人をかかえ、まだ40歳の夫。
どうしても治してあげたかった。

半年で再発。
もうその病院では「治療方法がない」と言われた。
他の方法がないか、
探して、探して、本やインターネットで調べて、
大阪で最先端の治療を受けられる幸運にめぐりあえた。

手術の後、最先端の治療も4回行ったが、
残念ながら本当に、最初の手術から1年半で逝ってしまった。

本人41歳。
どんなに無念だっただろうか。

私の心もボロボロになった。
24時間一緒にいた人がこの世にいないことが
こんなに辛いとは思わなかった。

この世に神様はいない、と思った。
世界で一番不幸なのは私だと思っていた。
その後の2年間、私は必死に生きてきた。
どうして私をおいて先に死んでしまったのか
恨みに思うこともあったが、何とか生きてきた。
三人の子供がいたから、何とか生きてこられた。
でも幸せになりたかった。

答えは簡単だった。

すべてを受け入れるということ。
ご縁を大切にすること。
後悔しないように何でもチャレンジすること。

主人が生きられなかった人生を精一杯生きること。

そして、今、私は仕事を変え、
自分の人生を生きています。

素敵な仕事にめぐりあえ、
ご縁で、私がいてよかった、私に会えてよかったと
言ってくださる人がたくさんいます。
私の仕事に理解を示し、応援してくれる子どもがいます。

今、私はとても感謝して生きています。
神様は私を見捨てていないと、感じています。

家族に感謝。
まわりに感謝。

ご縁に感謝。
みんなありがとう。
天国にいるあなた、見守ってくれていますか?
私は今日も元気に生きています。

あなたが亡くなって

あなたは私と息子をおいて
40歳の若さで逝ってしまいましたね。
あなたが亡くなって最初の私の誕生日、
8歳の息子とささやかにお祝いしました。
クリスマスの日は、私がサンタクロースになって、
プレゼントを息子の枕元に置きました。
桜の季節、
あなたを思い出し、涙が出ました。

息子が小学校を卒業するとき、
あなたの写真をバッグに忍ばせて
私の膝の上で一緒に卒業式を見届けましたね。

中学生になると、なかなか言うことを聞かなくなってきましたが、
「あなたの子だから大丈夫」と自分に言い聞かせ、
子供を信じました。
中学が終わる頃には優しい子に育っていました。

高校時代はアルバイトをしながら、塾にも通っていました。

無事に希望の大学に合格し、東京で一人暮らしを始めました。

私は独りぼっちになりました。
それでも、仕送りをしなくてはならないので、朝から晩まで働きました。

大学を卒業し、就職。
やっと私も役目を果たしたと思い、
仕事の量を少し減らすことができました。

数年後、
息子は結婚し、子供が生まれました。
私たちの孫です。

孫は格別にかわいいと言いますが、本当です。
今度は孫のためにと、また仕事を増やしました。

この歳になって、ようやく気がつきました。
なぜあなたが、あんなになるまで一生懸命働いていたのか。
なぜあなたが、お金にケチケチしていたのか。
すべては家族のため、守る者のためだったのですね。

あなたの元へ何度行こうとしたか。
本当に辛く苦しい日々だった。
でも、生きることをやめないで良かった。
あなたの元へはまだしばらくいけませんが、
寂しがらずに見守っていてください。

今でもあなたを愛しています。

いつもガタガタ

生前、父の髪はいつもかたガタガタでした。
毎回自分で切っていたのです。

葬儀屋の人に「整えましょうか?」とたずねられた時は
「そのままにしてください」と答えました。

小学生の頃は、父を
「ガタガタ、ガタガター」と笑ってからかったものです。
父も一緒に笑って、お腹や背中をくすぐって遊んでくれました。

でも、中学生になってから
ある日、部活のバスケの試合を応援しに来た父に
僕は激しく怒ってしまいました。
「なんで応援に来たんだよ！
俺が恥ずかしいんだよっ！
そんな恥ずかしい格好して来んなよっ！」

父は怒り返すこともなく、
さみしげな目をしていたのを今でも覚えています。

――――

悲しみにひたる時間もなく、葬儀は慌ただしく終わりました。
一息ついていると、母がやって来て聞きました。

「ねぇ、なんでお父さんの髪がガタガタだったか、知ってる?」

僕は首を横に振りました。

「お父さんね、ああ見えて昔はオシャレでね……。

想像できないかもしれないけど
髪型にもすごく気をつかってたんだから」


母が出した1枚の写真。

そこに、髪が整った父を初めて見ました。

「でもね、あなたが6歳の頃から自分で切り始めたの……。
中学生の頃まで家族三人で毎月行ってたレストラン、覚えてる?
あのレストランに最初にあなたを連れて行った次の日ね、
あなたは泣き叫んでお父さんに言ったのよ。
『昨日のハンバーグが食べたい‼
すごくおいしかったから、また食べたい‼』って。

それから毎月一度あのレストランに行くようになったの。
お父さんの散髪代でね」
ちっとも知らなかった。
涙がぼろぼろとこぼれ落ち、母の顔も見られなくなりました。

我が家の仏壇には今も
生前、父が使っていたハサミと
ガタガタな髪で笑っている父の遺影があります。

僕は父を誇りに思います。

おかんの弁当

僕は小中高とも、実家から歩いて学校に通っていました。

小学生の時から野球を始めました。
週末、練習の日、母は僕の送り迎えをしてくれ、
毎週必ず弁当を作ってくれていました。

中学に上がると、弁当持参の学校生活が始まりました。
母は欠かさず弁当を作ってくれました。
自営業で忙しく、深夜に帰ってくることもたびたびあったのに
欠かさず、毎日です。

僕が受験のときなどは、海苔を細工して「ガンバレ」と。
落ち込んでいるときは、海苔で笑顔を描いてくれたことも。
冬は「温かいものを」と、
ランチジャーに味噌汁を入れてくれました。

僕は母の弁当が大好きでした。

母は本当のお母さんに育てられたわけではないのです。
両親が離婚し、義理の母に育てられました。
母が長女で、妹と弟がいます。
子供の頃からいろいろなことに気をつかって生きてきたようです。
義理の母（僕のおばぁちゃん）は
じつの娘以上に厳しく、そして愛をもって、母を育てました。

だからこそ、母は自分の子供には
格別の愛を与えたいと思ったのでしょう。
その愛が、弁当から伝わってきました。

高校最後の日、
弁当の包みに母からのメッセージが入っていました。
「今まで母の弁当を食べてくれてありがとう」

僕は友人の前で泣いてしまいました。
感謝をしなければいけないのは僕なのに。

家に帰ってから、母に弁当箱を渡し
「ありがとう」と伝えました。

僕は今、社会人になり、一人暮らしをしています。
激務の日々を過ごしながら、
掃除、洗濯、料理、片付けがどれだけ大変か、
身をもって感じています。

本当に母の愛は一生の財産です。
将来、自分の子供ができたら、
最高の愛を与えていきたいと思います。

渡辺嘉也さんの話

強くたくましい母

ピッ……、ピッ……、ピッ……。

足音にさえ気をつかう静けさの中、
電子音はしだいに心細い響きになっていきました。
母は、横たわる祖母にかける言葉ももう見つからず、
手を握ることしかできない様子でした。

私の母は、強くたくましい。

弱いところを見たことはありません。

もちろん泣いている姿など、
今まで想像したことすらありませんでした。

女手ひとつで私たち兄弟三人を育ててくれただけあって、
いつも明るく、本当に強くてたくましい母です。
だから、この日の母の姿は衝撃的で、
祖母が亡くなった悲しみよりも深く印象に残りました。

ピ――――。

装置が外され、医師の処置とお決まりの言葉。
それを聞いた直後、
今まで見たことのない母の姿を目にしました。

取り乱し、崩れ落ちるように泣き崩れ、
必死に祖母に抱きついて
「お母さん……お母さん……」と
弱々しく何度も言いながら、泣き続ける母。

私には本当に見るに耐えない姿でした。
その場にいた医師や看護師、全員がもらい泣きをするほど
悲しみに満ちた光景。

いつもの強くてたくましい母とは全くの別人でした。

ずっと心配して母のことをみていたら、
「ありがとうね。あんたがいてくれて助かる」
そう言って、
とても優しい顔をして、私の頭に手を置きました。

帰りの新幹線で
母はいつものよく笑う〝強くたくましい母〟に戻っていて
少し安心したのを覚えています。

助走

公園にある錆びたサッカーゴールに向かって
ただ一人、毎日毎日ボールを蹴る少年がいた。
その少年を見つけたのは、春の頃だった

夏の暑い日もただ一人、
汗だくになってボールを蹴っていた。

秋が過ぎ、日が落ちるのが早まる季節、
薄暗いライトの下、ボールもよく見えないのに
ただ一人、ボールを蹴っていた。

少し心配になり、おもいきって少年に話かけてみた。
しかし少年はこちらを振り向くこともなく
黙々とボールを蹴り続けていた。

翌日は自動販売機で温かいココアを2本買って公園に行ったけれど、
やはり少年は黙々とボールを蹴っていたので
ココア2本を飲んで帰った。

さらに翌日、仕事用のカバンとは別に
運動靴と着替えが入ったバッグを持っていき、
会社が終わってから公園に向かった。

自分がゴールの前に立ちはだかると、
少年は一瞬、怪訝な顔をしたが
すぐに、力いっぱいボールを蹴ってきた。

ゴールネットに入ったボロボロのボールを少年に蹴り返すと
今度は助走までつけてボールを蹴ってきた。
何度か繰り返すうちに、少年は笑顔になった。
「少し休もう」と言うと、
彼はキョトンとした顔をしていた。
少年は耳が聞こえていなかったのだ。
戸惑いを隠しながら、
会社のカバンの中から急いでノートとペンを取り出して
「少し休もう」と書いて見せた。
少年はコクリとうなずいた。

並んでベンチに腰掛けながら、いろいろなことを筆談で少年と話した。

彼は小学校4年生。今年の3月に父親を亡くしていた。
母親は遅くまで働きに出ていて、
帰ってくるのは20時を過ぎることもあるそう。
父親が亡くなる前までの母親は、
毎日家にいて帰りを待っていてくれた。
家に一人でいるのが寂しいから、
昔、父親とよくやったサッカーをしに、毎日公園に来ていたらしい。

そんなことまで話してくれることがなんだか嬉しくもあったが、
寂しいであろう少年の気持ちを考えると
涙が浮かんできてどうしようもなかった。
時折あくびをするふりをしてごまかした。

その日以降、仕事が早く終わったときには公園に足を運んだ。

クリスマスの日、少年が公園にいるのを確認し、
買っておいたサッカーボールを急いでとりに帰り、彼に渡した。

少年は飛び跳ねて喜び、とびきりの笑顔を向けてくれた。
そして、何度も何度も頭を下げた。
目から涙がこぼれていた。

私は熱いものが込み上げてきて、今度はごまかさずに涙を流した。
そして、じつは自分も寂しかったことに気づいた。

価値観の違いで妻と別れ、
この春から一人暮らしになっていた。
少年が自分の息子とリンクして、涙が止まらなかった。

新しいボールをいつもよりずっとずっと助走をつけて蹴る姿を見て
また泣けた。

年が明け、2月に急な転勤でこの街を離れることになった。
その少年がどうなったのか、もうわからない。

けれど、きっと今も助走をおもいっきりつけて
世の中と必死に向き合っているのだと思う。

あいつの球

ズドンッ！
「ナイスピッチング！」
あいつとおれは、小学5年の頃からバッテリーを組み始めた。
毎日のように野球をして、
365日のうち360日は顔を合わせていただろう。
野球が楽しかった。
いや、あいつと一緒にいるのが楽しかったのかもしれない。
中学生になって、2年の春にはどちらもレギュラーになった。

3年の夏には地区大会で優勝した。

あの時は嬉しかったっけな。

帰り道、一緒にコーラで〝乾杯〟したのをはっきりと覚えている。

高校に行ってもあいつと野球やろうって決めていた。


二人とも推薦を受けて地元の野球名門校に合格した。

「よし！　甲子園めざそうな！」

あいつははりきっていた。

入学前から高校の野球部の練習に参加して、気合は入りまくり。

晴れて入学式を終え、本格的な練習が始まると
あいつのピッチングはみるみる上達していき、
あっと言う間にレギュラー。
エースになった。
おれはというと……当然、補欠。

あいつはおれに気をつかって
「おまえもすぐにレギュラーになるよ」
「キャッチャーはおまえの方が安心して投げられるんだよな」と
励ましてくれた。

3年生にとって最後の夏。
そう。甲子園の地区予選が始まった。

あいつ、1年でエースってすげーな。
うらやましくもあり、尊敬もしていた。

「おれもこの大会が終わって3年生が抜けたらレギュラーになるぞ！
そしたらまたバッテリー組めるな！」
そんな言葉をかけるとあいつは照れていたのか
「あ。あぁ……」と。

一回戦、二回戦と0点に抑えるピッチングで圧勝。
あいつは当然のような顔をして、それほど喜んでいない様子だった。

そして迎えた三回戦。
9回裏、1対0でリード。ツーアウト、ランナー一塁。
最後になるはずのバッターに、まさかのホームランを打たれた。

サヨナラ負け。
その瞬間、3年生の夏は終わった。

泣きじゃくる3年生。
その中の一人があいつに言った。
「なんであの時、代わらなかったんだよ。
おまえのせいで負けちまったよ、クソッ!」

あの時とは。
9回表の攻撃。監督が
「だいぶ球威が落ちたな。ピッチャー交代するぞ」と言った時。
あいつは「まだいけます！」と言っていた。その時だ。

一人の先輩があいつを責めると、二人、三人と同調して責めた。
あいつは珍しく泣いていた。

帰り道。
ない頭をフル回転させたが、このくらいの言葉しか出てこなかった。
「おまえのせいじゃないよ。
しかたないって、次がんばろうな！」
しばらく沈黙が続き、二人が別れる地点に着いた。
「また明日な！」

おれが言うと、あいつは言いやがった。

「おれ、野球やめるわ」

頭にきたおれは胸ぐらをつかみ
「はぁ？　おまえ何言ってんの？
ちょっと責められたぐらいで、バカじゃねーの?!」
言い終わってから、頬をおもいっきり殴っていた。

あいつは言った。

「おまえにおれの気持ちはわかんねーよ。チキショー」

「ああ、わかんねーよ！

そんくらいでへこたれるなんて、全然わかんねー！」

そう言い捨てておれは帰った。


翌日から二人の間に気まずい空気が流れた。

というか、目も合わせなくなった。

あいつは退部届を出していた。
それを知ったおれは、唖然とした。
もう、あいつのことなんかどうでもよくなった。
おれはその後も野球を続けた。
何か〝しこり〟のようなものはあったけれど、
無理やり忘れて野球を続けた。

あいつとは、あれ以来ひと言も口をきいていない。

月日は流れ、3年の春。
また、甲子園への切符をかけた戦いが始まった。
順当に、いや、奇跡的に、おれたちは勝ち進んだ。

迎えた準決勝。
9回裏、ツーアウト、ランナーなし。
バッター、おれ。6対0で負けている。

味方の観客席はもう静まりかえっていた。
そんな中、バッターボックスに向かうおれにヤジが飛んできた。
もの凄い怒鳴り声。
たまらず視線を向けると、顔を真っ赤にして叫んでいる。

あいつがいた。

ヤジに聞こえたそれは、まぎれもなく応援だった。
「打てるぞー！　頼む！　打ってくれ！
おまえは！　夢、叶えてくれ‼」

2年間、まったく口をきいてないのに……。
あいつの真っ赤な顔を見たら涙がこぼれそうになった。

気合いを入れてバッターボックスに立った。
ど真ん中にきた球を、おもいっきり打った。

カキーーンッ！
大きな音をたてた打球は、ピッチャーフライに終わった。
同時におれの夏も終わった。
思いっきり泣いた。

試合の翌日。部室で荷物を片付けていると、チームメイトの一人が言った。
「あいつ、ものすげー応援してたな。顔真っ赤にして。
おまえ、あいつのこと知ってたか？」

あいつのことを話してくれた。
2年前、父親が病気で倒れたこと。
母親に苦労をかけたくないとアルバイトをしていたこと。
本当は野球を続けたかったこと。
そして、おれのことをずっと心配してくれていたこと。

知らなかった。何も知らなかった。
ボロボロと涙がこぼれてきた。
その場に泣き崩れた。

もっとあいつの球、受けたかったたな。
あいつの、心と一緒に。

髪の色

生まれつき、髪の色が茶色い私。
ハーフじゃないけど茶色くて……。
高校生の時に、先生に呼ばれて怒られ、先輩にも目をつけられ、
何も悪い事はしていないのに何で？　って思いました。

しだいに学校を休むようになり、
もう辞める覚悟もできていました。

しかし、そんな私を親友が迎えに来ました！
わざわざ私と同じ髪の色に染めた親友が……。

一緒に学校に行きました。

私は、学校を休んでいたこともあって、怒られなかったけど、
親友はクラス全員の前で怒られてしまいました。

その子は、下を向いたまま、
目に涙を浮かべて、じっと耐えていました。

私は声を殺して泣きました。

人の温かみ、親友の大切さを知った日でした。

担任の先生

中学2年の時のこと。担任の先生は、4月に入りたての新人だった。
若い男の先生というだけで「熱血」とか「新人君」とか言われて、
生徒にからかわれていた。
不良グループの連中は完全にナメていた。

俺は不良だったわけではないが、少しヤンチャなこともした。
ある時、学校帰りにタバコを買っているところを
隣のクラスの先生に見つかってしまった。
その場でこっぴどく怒られた。

次の日、担任の先生は何も言ってこなかった。

1週間ほど後に、また隣のクラスの先生に見つかった。
張っていたようだ。

その先生が言った。
「おまえは何にもわかっていないな。
前回、おまえがタバコ、見つかった時
おまえんとこの新人君、俺に頭下げて謝ったんだぞ。
『どうか、穏便に済ませてください。あいつも家庭が大変で、
そのハケ口がうまく見つからなくて悩んでいるんだと思います。
僕からきつく言いますので、お願いします』
そう言って、泣きながら謝ったんだぞ」

俺はちょっとふてくされた声で言った。
「別に、家も大変じゃねーし、新人君には関係ねーだろ！」

そう言い終えた瞬間、
バチン！
平手が飛んできた。

「バカ野郎！
新人君は全部知っているんだよ！
おまえんち、最近お母さんいないだろ……。
新人君が言ってたよ。
『あいつんち、たぶん、今お母さんがいないんだと思います。
クラスメイトの親が教えてくれました。
2カ月くらい、父と二人暮らしだって。
それでも学校来てるし、友だちと遊んでいるときは笑顔だし、
授業だってちゃんと聞いてるし。いいところもいっぱいあるんで』
そう言って、おまえのことたくさんほめてたぞ。
そうやって信じてくれる先生はなかなかいない。

あの先生、若いのにたいしたもんだよ」

自分の知らないところで
こんなにも自分を信じてくれている人がいるということが嬉しかった。

それから俺は、勉強に励んだ。
志望校に合格して、新人君にお礼を言いに行った時、
自分のことのように喜んでたな。

あの時、あの先生が担任で、本当に良かったと思う。

帰ってくるな

高校を中退し、料理の世界に入った。

高校を辞めるときは、親父と殴り合いのケンカをした。

「二度とそのツラ見せんな！」

半分勘当されたような状態になった。

悔しくて、住み込みで働きながら、必死に料理を覚えた。
右も左もわからなかった俺は、コテンパンにしごかれた。
何度も辞めて帰ろうとしたが、
その度に親父の言葉を思い出し、思いとどまった。

――俺には帰る場所はない。後ろに道はない。――

だから、必死になって食らいついていた。
８年経った頃には、ひと通りこなせるようになり、店長を任された。
店長としての初日、８年ぶりに親父に会った。
社長が俺の両親に連絡を入れていたらしい。
親父は、相変わらずぶっきらぼうで
「おまかせで、なんか適当に出してくれ」なんて言っていた。
「はい。かしこまりました」と返事をして
自分が一番好きな、手の込んだ料理をコースで出した。
親父は母さんと一緒に黙々と食べていた。
「上手い」とも言わず、帰り際に「じゃあな」と一言。
あっさり帰っていった。

こんなものか。
少しがっかりした。

後日、母さんから手紙が届いた。

「先日はどうもごちそうさまでした。
とても美味しかった。
店長就任も素晴らしいわね。心から、祝福しています。
お父さんは、あの性格だから貴方には何も言っていないと思うけど、
社長さんから連絡をもらったとき、すごく上機嫌で
何を着て行こうかって、うるさかったのよ。
それから帰り道、泣いていたわ。
あんな上手い料理を食べたのは初めてだって。
よかった……よかった……って。

たまには顔を出しなさいよ。
本当は、ずーっと心配していたんだから。
お父さん、あなたの働いているお店の前を
『ドライブ行こう』って言って、何回通ったことか……。
お母さんもそうだけど、
あなたのことを一日だって考えなかった日はないんだから。
またお店にも食べにいくからよろしくね。

母より」

涙が止まらなかった。
高校を中退した俺が、仕事でも逃げ帰ってくるんじゃないかと心配し、
あえて突き放してくれたんだ。

ありがとう。お父さん。お母さん。

孫からの手紙

「いいかげんにしてください！」
その日も私は怒ってしまいました。

認知症の義理の父がオムツを嫌がり、
そのくせ毎日のように朝方漏らしてしまうのです。
それだけならまだしも、
ご飯を口に詰め込みすぎて、咳と一緒に撒き散らしたり。
さっき食べたばかりなのに「お腹が空いた」と怒りだしたり。

そんな中、一人娘が東京に就職し、家を出ました。
家には、週に一度帰ってくる単身赴任の夫と、夫の両親と、私。

つまり、認知症の父と足腰が弱くなった母と私のほぼ三人暮らしとなったのです。

娘が東京に行ってから1週間くらいして手紙が届きました。
それは、私宛ではなく、母（娘から見ると祖母）に宛てた手紙でした。

その手紙を母に渡すと、母は黙って自分の部屋に入りました。
しばらくすると、部屋から母の嗚咽が聞こえてきました。

私は内容が気になり、次の日、母に尋ねたのですが、
「〝この手紙は誰にも見せないで〟って書いてあったから見せられないのよ」と。

娘が祖母に対して、悪口や文句を書いて送ったのかもしれないと思い気が気ではありませんでした。

それで、悪いな、とは思ったのですが、
母が買い物に行ったすきに、その手紙を探して読んでしまいました。
私は泣き崩れて、その場からしばらく動けなくなりました。
書かれていたのは、こんな感じのことです。

「おばあちゃんへ
私が東京に来て1週間が経ったけど、寂しくない？
手紙で言うのもなんだけど、おばあちゃんにお願いがあります。

おばあちゃんは知ってたかな？
お母さんがおじいちゃんのことで、毎晩一人で泣いているのを。
週に一度だけ泣かない日があるの。それは、お父さんが帰ってくる日。
だけどお母さんは、そのことをお父さんにも言わず、
たった一人で背負い込んでいるの。

今までは私がお母さんのグチを聞いてあげたから良かったけど、
これからのお母さんが心配です。
おばあちゃんも足腰痛くて大変だと思うけど、
お母さんを助けてあげてください。

私からのお願いなんて珍しいでしょっ！
だからお願いします。お母さんを助けてあげてください。

P.S.　この手紙は照れくさいから、お母さんには絶対に見せないでね」

その手紙が届いて以降、不思議と父の認知症の症状が軽くなり、
オムツを履いて寝るようになりました。
未だにその手紙の存在を、私は知らないことになっています。

ハンデに負けない

自分は小さい頃に片方の肺をなくし、
心臓にも疾患をもってしまいました。

こんな私に父はとても厳しく、
いろいろなスポーツをさせ、しかも勝つことを強要しました。

進学、就職の際、
会社を経営している父は、従兄弟たちには手厚く世話をしましたが、
私には「自分でどうにかするように」と言いました。

そんな父を今まで毛嫌いしてきました。

けれど、様々な困難に直面するたび乗り越えてこられたのは、
強い心を育ててもらったからだと言えます。

どんなに身体にハンディキャップがあっても
他人から見てわからなければ
特別扱いはされないし、理解もしてもらえません。
たとえ友人でも、妻であっても。

父はそれを教えたかったのだと気付きました。
だから今は感謝できます。

死ぬほど苦しいことを自分で乗り越えられたときに
父の愛を感じ、感動と同時に感謝をおぼえている自分がいました。

父とは最近、やっと心から話しができるようになりました。

おやじ

たいして器用ではないが、
なんとなく「かっこいいな」と始めた美容師の仕事。
毎日、朝早くから夜中の0時過ぎまでのハードワーク。
しかも、店のおやじがメチャメチャ厳しかった。
少しでもヘンな仕事をしていると、
お客様に見えないように足を蹴られた。
せっかく巻いたパーマのロットを全部やり直しされたこともある。
繰り返し浴びせられたのは、こんな言葉。
「ハンパなことやってるな！」

「帰れ！」
「おまえに美容師の仕事は向いてない。やめちまえ！」

毎日が苦しかった。くやしかった。
おやじのことが大嫌いだった。
おやじをブッとばして辞めてやろうと思った。

ある日、我慢の限界に達したおれは
本当におやじをブッとばして辞める覚悟で、事務室のドアの前まで来た。

「おい！　このクソ野郎！」と言いかけると
部屋にはおやじ一人しかいないはずなのに、話し声が聞こえる。

瞬間、言葉を失った。

「〇〇、いつもありがとう。
△△、いつもありがとう。
おまえたちは一流の美容師になるぞ」

スタッフ一人一人の名前をあげ、
「ありがとう、ありがとう」と唱えていた。

自分が恥ずかしくなった。
おやじは俺たちのために、あえて厳しくしてくれていたんだ。
俺の成長を願ってくれていたんだ。
気づいた瞬間、涙が止まらなくなった。

それからガムシャラに練習した。
数年後、俺は独立することになった。
この店で働く最後の日、おやじはまた怒鳴り散らしていた。

「おまえ、ハンパなことやってるな‼
独立なんておまえには無理だ‼
世の中そんなに甘くないぞ！　やめちまえ‼
おまえの腕じゃお客は来ない。すぐつぶれるぞ‼」

「それから………バカヤロウ！
おめでとう。本当におめでとう！」

ボロボロと涙がこぼれた。
大粒の涙を流しながら言ってくれた言葉は、俺の胸に突き刺さった。
1年経った今でも、おやじの愛は俺の胸に、
いや、腕にしっかりと刻んである。
おやじ……。クソ、ありがとう。

口うるさい母

口うるさい母のもとを離れたくて
高校卒業と同時に家を出た。

最初の数カ月は、母の小言がない一人暮らしを満喫していた。

でも半年ほど経つと、毎日の炊事や洗濯、掃除……
今まで母がやってくれていたことのありがたさを知った。

お正月に田舎へ帰ると、母は大喜びしてくれた。
相変わらず口うるさかったが、それもなんだか嬉しかった。

1月4日。私の誕生日。
初めて言った。

「お母さん、ありがとう。
私を育ててくれて、ありがとう。
私を産んでくれて、ありがとう」

言いながら涙が溢れてきた。

「何言ってんの！
あんた、調子いいこと言ったって、小遣いはあげないよ！」
と言う母の目からも涙がこぼれていた。

それからも毎年お正月には田舎へ帰っていたが、
今年は用事が重なり、帰省をあきらめた。

母に電話をして「ちょっと忙しいから帰れない」と言うと
「そう……。25歳のあなたには一度も会えないのね」と
寂しそうに言った。

いろいろなトラブルがあって精神的に滅入っていた私は
「自分は必要とされているのか？」と悩んでいたが、
母の言葉で救われた。

今の私に会いたいと思ってくれている人がいる。
こんな私が会いに来るのを、楽しみに待ってくれている人がいる。

なんか泣けてきた……。

いつも私を想ってくれている人がいることに気づいた。
それからは欠かすことなく

お正月には口うるさい母のいる田舎に帰っている。
そして、忘れずに伝えている。
「お母さん、私を産んでくれて、ありがとう。
私を育ててくれて、ありがとう」

箱根温泉

今年もまた新入社員が入ってきます。

私が勤めている会社では、
4月は丸々1カ月間社内研修。
5月のゴールデンウイーク明けから
それぞれの部署に配属されて、本格的に仕事となります。
今から2年前、私が新入社員だった頃の話です。

4月の新人研修最後の日、

社長がこんなことを言いました。

「初めて手にするお金、初任給を
少しでもいいので、ぜひ親のためにつかってください。
今までお世話になって、ここまで育ててもらった感謝の気持ちを
今までは〝ありがとう〟の言葉だけで良かったかもしれませんが、
ここにいる皆さんは社会人です。
働いてみてわかると思うのですが、
こうして働いたお金を
ご両親はあなた方に惜しみなくつかってこられました。
今度はあなたたちの番ではないでしょうか。
給与とは別に1万円が入っているので、
どうか、このゴールデンウイーク中に
何か親のためになることにつかってください」

私は母子家庭で育ちました。
大学はお金がかかるため、
家から通える大学を受験。
もちろん贅沢とは程遠い暮らしをして過ごしました。
母に迷惑をかけまいと、
大学の時はアルバイトをして
自分の小遣いくらいは何とかしていました。

だから、社長の話がピンとこなかったというのが
正直な気持ちです。

ただ、ゴールデンウイーク明けに、何をしたか
報告することになっていたので、
一応インターネットで調べました。

「まだ間に合う！　一泊二食付き、
箱根温泉極楽の旅はいかが？
10周年記念特別価格1万円ポッキリ‼」

すぐに申し込み、母に言ったら
「めずらしいね～、あんたがそんなことしてくれるなんて。
槍でも降ってきそうね～」

なんてことを言われたので、
行くのをやめようかとも思いましたが、
結局ゴールデンウイーク最後の土・日に行くことになりました。

無事、箱根に着き、少し観光してから旅館のお風呂に入りました。

「そういえば昔はよく一緒に入ったね～」と

鼻唄を唄いながら浴衣を脱いでいる母をおいて、
私はさっさとお風呂へ。

先に身体を洗い終えて、湯船につかっていると
身体を洗う母の後ろ姿に目がいきました。

久しぶりに見た母の身体は、
以前見たそれとは違っていて、
その後ろ姿を見ていたら、
涙が溢れてきました。

私が気付かないふりをしていただけで、
母は女手ひとつで、ほとんど休みもなく、
自分のことにはお金をかけず、
私の欲しいものはなるべく買ってくれて、

それでも毎日毎日、笑顔を絶やさず、
大きな口を開けて豪快に笑っていてくれて、
そのおかげでちっとも寂しくなんかなくて……。

いろいろ考えていたら、
涙が止まらなくなりました。

そうこうしているうちに母が身体を洗い終わり
湯船に来たので、慌ててお風呂のお湯を顔にかけ、
「露天風呂に行く」と、その場から逃げました。

旅行から帰ってきた次の日、
家を出て会社に向かう電車の中で
母親からメールを受け取りました。

「箱根の温泉旅行ありがとう。
今までで二番目に幸せでした。
一番は何か気になる？
それは勿論あなたが生まれたときに決まっているでしょ♪
お母さん、あなたにいっぱいいっぱいもらっているの♪
それはもう、抱えきれないくらいにね……。
だから、私の方こそ何も返していなくてごめんなさい。
片親だったことを、一度も責めずにいてくれてありがとう。
あなたが私の子で、本当に良かったわ。
寂しい思いや、不憫なこともあったでしょう……。
これは嫌味じゃなくてね、私は両親に育てられたから、
あなたの気持ちのすべてはわからなくて……。
本当にごめんなさい。
あなたがお嫁に行くまでには、
もうちょっといろいろさせてもらうからね。

いつかあなたの旦那さんになる人と、あなたと三人で
　また行きましょう。箱根」

私は電車の中にもかかわらず、泣いてしまいました。

あれから2年。
まだ母を箱根に連れて行けませんが、
毎日ブツブツ言いながらも楽しく過ごしています。

当たり前の大切さ

今日、懐かしいお客様のお母さんに会いました。
24年前の出来事「当たり前の大切さ」を思い出しました。

私が初めて焼鳥屋を開業したとき、赤字続きで、悪戦苦闘の毎日でした。
その頃、近くの居酒屋で女の子が働いていました。

その子は調理師の専門学生でした。当時19歳くらいかな？
とても元気で、チラシ配りのときに会うと話をしました。
うちの店にもちょこちょこ寄ってくれ、
よく仕事の話で熱く盛り上がって「頑張ろうな」って励まし合っていました。

「近い将来、マイブランドを展開するぞ。その時おまえ、料理長で来いよ！」
「ええで、まかしといて。元気なお店つくるしね！」

けれど突然、彼女がお店に来なくなり、連絡もとれなくなりました。

3カ月くらいたって電話があり
「今、入院してるねん」とのこと。

「おーそうか、見舞い行ったるわ、病院どこ？」と聞くと
「ボス、そう言うと思ったたし、なかなか電話しづらかったんや。
絶対来んといてな、かっこ悪いし……」
「おまえ、そんな重症なんけ？　どこ悪いの？」
「うん、まあたいしたことないんやけど……」と言いづらい様子。

「でもボスの焼鳥食べたいな」

「そうか、わかった。

焼鳥、おかあちゃんに渡しとくわ、俺からの差し入れ！」

「ほんま、めっちゃうれしい！　ありがとう！　楽しみにしてるわ！」


その日、彼女の家に届けに行きました。

お母さんに彼女の具合を聞いても、病気の内容には触れられない感じ……。

でもめっちゃ喜んでもらえた。


何回か差し入れに励ましの手紙を添えて、お母さんに届けに行きました。


「ボス、ありがとう。あの子だいぶよくなってきたし！

退院したら真っ先にボスのとこ行くねん、言ってたしね」

「そうですか、退院パーティーしようね！」と言って帰ってきました。


私の誕生日に手紙をもらいました。

「最高の一年でありますように。
ボスパワーでお客さんに元気を与えてね！　うらやましいぞ！」

それから3カ月後、彼女は亡くなりました。
お通夜で彼女のお母さんから聞かされました。

「あの子は本当に料理が好きで、人が好きで
いつでも復帰できるように、
包丁にぎったり、レシピ書いたりしてたえ。
薬の副作用で痛いはずやのにね……」

少しのことで「しんどい」「やめたい」と思っていた自分が
本当に情けなく、小さく感じました。

彼女は入院中、毎日日記を書いていたそうで、読ませてもらいました。

「病気になって初めて、健康な体っていいなって思えた。

あたいの体、もう少し頑張ってくれ」

「お父さん、お母さん、お兄ちゃん、ほんまにありがとう」

「あたいの夢は元気になってお店に立って、もう一度料理を創ること。

絶対にできる！」

涙が邪魔して、それ以上読めませんでした。
自分があたりまえに過ごしていることが、
彼女にはあたりまえじゃなく「夢」やったんです。
そのとき、どんなことがあっても逃げたらあかん、
絶対逃げない、絶対辞めない、と自分に誓いました。
やりたいことがあっても、世の中、できない人もいるんやで。
そのことに気づかせてもらえた。

「感謝の気持ち」「プラス思考」「決して諦めない心」「今を楽しむ力」……浪漫家の心を創ってくれたのは彼女でした。本当にありがとう。

仕事をしたくても、できない人もいる。
自分で選んだ仕事やのに、愚痴を言ってる人もいる。
みんなで力を合わせて頑張ろうと言いながら、適当にやってる人もいる。

大切なことに気づかせてくれてありがとう！
もっと今に感謝して、全力で楽しんで生きていきます。

今日、久々に24年前の出来事を思い出させてもらいました。
涙が出ました。お母さんありがとう。

浪漫家　ボス　福井将一さんの話

自転車の傘

その頃、私は2つの仕事を掛け持ちして働いていました。

自宅のアパート近くでは駐車場を借りることができず、
自転車で15分くらいの所にある
友達の家の駐車場を使わせてもらっていました。

仕事で移動の度に、自転車で車をとりに行っていました。

帰宅は夜の12時を過ぎることもたびたび。
ある冬の寒い雨の日、仕事を終え、駐車場に車を置き、
自転車を見たら、雨に濡れないように傘をさしてくれていました。

毎日、私のために外灯をつけてくれていた友達の温かい心で
どんなに私の心が温かくなったことか、勇気をもらったことか、
思い出すと、感謝で胸がいっぱいになります。

今でも目を閉じると
外灯に照らされて雨に光る自転車が
傘で守られて私を待ってくれています。
友達の優しさとともに。

古田淳子さんの話

涙を見せない父

母はいつも明るく、家族の前でも元気いっぱいでした。
「何年も風邪をひいていない」って自慢するほど。
そんな母がいつになく調子悪そうにしていました。
念のため病院で調べたら、
脳に悪性の腫瘍だって……。
もってあと半年。
弟と私は、現実が受け入れられませんでした。

そんな中、父だけは冷静。
その冷静さに腹が立つほど、
淡々と指示を出していました。
泣いている弟に対しては「男がメソメソするんじゃないっ！」と。

私は弟と一緒に「お父さんひどい！」って非難して、
それからあまり口もきかなくなりました。

数週間経ったころ、
夜中にトイレに行きたくなり、
父の部屋の前を通ろうとしたとき、
信じられない音が聞こえてきました。

鼻を啜る音と嗚咽が交互に……。
その場にいたのが1分だったのか10分だったのか、覚えてない。

あんなに冷静に、淡々と、無表情で振る舞っていた父のか細く聞こえてくる嗚咽。

聞こえないように啜っている鼻水。

時折聞こえる母の名前。

初めて父が泣いているのを確認しました。
そして、父の強さと愛を知りました。

父は泣かない人じゃなかった。
泣いているところを見せない人だったんだ。

まったく不器用でわかりづらいけど、
強く優しい父が見えた出来事でした。

それ以来、父とは元通り仲良くなり、
一緒に母のお見舞いに通っています。

母も幸せ者だな。

定食屋

私は定食屋の娘として生まれました。
両親は忙しそうで、小学生の頃はいつも一人で遊んでいました。
唯一楽しみだったのは「ごはん」の時間だったのを覚えています。
お父さんは、口はうるさいけど、
作るごはんだけは、ひいき目なしに美味しかったんです。
高校生になった私はアルバイトに明け暮れました。
家の定食屋はあまり景気がよくないのを薄々感じていたからです。
進路を決めるときも、大学に行かずに就職するつもりでいました。

でも父に相談したら
「お金の心配はいらない。大学に行け」の一点張り。

大丈夫かな?
と思いながらも、大学に行くことに決めました。

大学4年間、学費も仕送りも遅れることなく
楽しく過ごすことができました。

ただひとつ気がかりだったのが、
年に一度実家に帰るたびに
父が痩せていっているように見えたことです。

父に聞いたら
「ダイエット成功だ」と言っていました。

地元に就職が決まり、大学も無事卒業。

実家に帰ってしばらくして、母から聞かされました。

本当はダイエットなんてしていなかったこと。
定食屋なのに、自分たちは残り物の漬物と味噌汁の日々だったこと。
4年間、父は夜の交通誘導のアルバイトをしていたこと。

以前は毎日欠かさず飲んでいた大好きなお酒も
年に一度私が帰ってきた日の夜にしか飲まなくなっていたこと。

それでも父は、愚痴ひとつ言わなかったこと。

その場にいることができず、
自分の部屋に戻って布団をかぶり、

声を出して泣きました。

「お父さん……、ありがとう」って。

エピローグ

「ママだいすき～」

友人の一人娘、カナちゃんはいつもママにべったり。

「ママばっかりなんだよ～」と、友人はよくぼやいていた。

悔しかったのか、

「パパのことも好きだよね？」と聞き、

「パパもすきだよ」なんて半ば強引に言わせていた。

確かに、笑顔全開で子どもと接するあのママには勝てないだろうな、と思った。

親子三人、本当に仲睦まじく明るい家庭を築いていた。

ある晩友人から着信があった。

「こんな時間に珍しいね
どうした？」

「いやちょっとな。
嫁が調子悪いらしくて、昨日から入院してるんだ。
娘が〝ママ、ママ〟って言って寝なくて、ようやく寝かしつけて……
まあ、たいしたことないと思うんだけど、何か急に不安になってな」

「そうか、心配だけどきっと大丈夫でしょう。
何か俺に出来ることがあったら言ってな」

そんな会話をして電話を切った。

数日後にまた着信があり、予期せぬことを告げられた。

奥さんの病気は、手の施しようがないくらい進行した癌。

余命3カ月。

力ない声を振り絞るように教えてくれた。

それから友人とカナちゃんは、ママのいる病院に毎日通うようになった。

お見舞いに行くと三人ともいて、相変わらずの明るい家族。
ママの笑顔は眩しいくらいだった。
その日、友人の家に寄り少し話した。

「大丈夫か？」

「う～ん。大丈夫じゃないかな。
いまだに信じられないし、何で？　って思う。
何か悪いことしたかな？　って責めたくなるし、
考えだすと泣けてきちゃって……

でも……あいつさ……うっ……うっ……
いっつも笑ってるんだよ。

だから俺もしっかりしなきゃって」

気の利いた言葉ひとつも言えず、
ただ話を聴くことしか出来なかった。

2カ月後。

その日はやってきてしまった。

まだ小さい我が子を残し旅立つことは、
どれだけ悲しいのだろう。
深く深く家族を愛する姿を目の当たりにしていただけに、
涙が止まらなかった。

通夜に参列したあと、話してくれた。

「あいつ。
最期まで笑ってたんだよ。
うっ……　うっ……
『カナのことよろしくね。
私の分まで幸せになってよね』

って……
おれは手を握りながら泣き崩れちゃって、
ありがとうって言いたかったんだけど、何度も繰り返し
あびばどう。
あびばどう。

あびばどう。

って、
嗚咽でちゃんと言えなかった。
でもあいつは肩を揺らしながら、何度も頷いてくれたんだ。
もうそんな力も無いだろうに、
めちゃくちゃ笑顔だったよ」

堪えきれず、二人で声を出して泣いた。

当たり前なんか無いと知った。

仕事が出来ること

家族がいること
友達がいること
愛する人がそばにいること
それは凄く凄く幸せなこと。
思い悩み、苦しみもがくのも、
問題や壁に打ち当たるのも、
生きているからこそ。
喜びや楽しみ、愚痴や不平不満、悲しみ…

生きているからこそ。

奇跡ともいえる今を

決して当たり前ではない今を

本気で生きよう。

そう思った。

この度、出版にあたって、
数えきれないほど多くの人に、感謝の念を抱きました。
同時に、多くの方々に支えられながら生きていることに
気づかせていただきました。

今まで出会ってくださったみなさまに、深く深く感謝申し上げます。

心より ありがとうございます。

葬儀の日、一通の手紙が届いた。
差出人は奥さんだった。
きっと、自分が亡くなったら投函するように言ってあったのだろう。

「何か改まって書くのは変な感じですが、
先ずはありがとうね。
いつも我が家のこと、
気にかけてくれて。
それから、主人のことよろしくお願いします。
これからも友達でいてあげてくださいね。

あと、最後だからわがまま言ってもいいかな?
私がいなくなってしばらくしたら
主人にいい人を紹介してあげてください。

まあ、私よりいい人はいないと思うけど(笑)
あの人、奥手だし自分からはそういう場に行けないと思うの。

でも、カナはまだ小さいし主人も若いから……

とにかく、主人とカナに、幸せになって欲しいの。

私はあの人と結婚して、

カナと出会えて、

家族になれて、
ものすご〜く幸せでした。
十分過ぎるくらいにね。
よろしく頼んだよ！
最後までお世話になります。
私と関わった全ての人が幸せになりますように。
さよならはイヤなので……
ありがとうございました」

このお手紙には、
大粒の涙の跡であろう染みが、いくつもありました。

辛かったでしょう。
苦しかったでしょう。
最後の最期まで、愛する人を想う心に、
堪えきれずまた涙が溢れました。

人がひとを想うということ

どうかこの愛が
多くの人の心に広がりますように。

ゆう　けい

ゆう　けい

共に1979年生まれ。
二人が発行するメルマガは読者数が
合計15000人を超える。
「魂が震える話」のフェイスブックページは、
「いいね！」数が15万に達する（2013年8月）。
「感動」をテーマに
学校講演やセミナー講師としても活動している。

魂が震える話

【魂が震える話 人がひとを想うということ】

初刷 —— 二〇一三年八月二十九日
第四刷 —— 二〇二〇年二月一日
発行者 —— 斉藤隆幸
発行所 —— エイチエス株式会社 HS Co., LTD.
064-0822
札幌市中央区北2条西20丁目1-12佐々木ビル
phone : 011.792.7130 fax : 011.613.3700
e-mail : info@hs-prj.jp URL : www.hs-prj.jp
印刷・製本 —— モリモト印刷株式会社
乱丁・落丁はお取替えします。

ISBN978-4-903707-41-9